AF450798

Vida, conquista y libertad universal

Luis Alberto Gutiérrez C.

EDIQUID

VIDA, CONQUISTA Y LIBERTAD UNIVERSAL
© Luis Alberto Gutiérrez C.

Editado por: Corporación Ígneo, S.A.C.
para su sello editorial Ediquid
José Olaya 169, Ofic. 504, Miraflores. Lima, Perú
Primera edición, diciembre, 2024

ISBN: 978-612-5184-00-9
Tiraje: 50 ejemplares

Hecho el Depósito Legal en la Biblioteca Nacional del Perú N° 2024-10972
Se terminó de imprimir en diciembre de 2024 en:
ALEPH IMPRESIONES SRL
Jr. Risso Nro. 580 Lince, Lima

www.grupoigneo.com
Correo electrónico: contacto@grupoigneo.com
Teléfono: +51 955 071 270 | Facebook: Grupo Ígneo
X: @editorialigneo | Instagram: @grupoigneo

Colección: Integrales

Vida, conquista y libertad universal

(ORÍGENES DE LA HUMANIDAD EN LA TIERRA)

Luis Alberto Gutiérrez C.

EDIQUID

En el principio de los tiempos de la humanidad, cuando la misma empezaba en la Tierra, esta se encontraba esclavizada por una raza superior conocida como los Atlantes, quienes venían del planeta Faetón, el cual estaba situado en nuestro sistema solar, ubicado entre Marte y Júpiter. Pero ¿cómo sucedió esto?

Hace millones de años, en la galaxia que hoy conocemos como Vía Láctea, existieron tres poderosos dioses o creadores de vida, con sus razas y civilizaciones diferentes pero similares en muchos aspectos y necesidades, pues las tres dependían del agua y de la tierra para sobrevivir. Estas tres razas y civilizaciones vivían en aparente respeto y armonía entre ellas. Cada una ocupaba un planeta diferente en este sistema solar, así como cada una tenía un ser supremo o creador de vida.

Las razas y civilizaciones fueron: en el planeta Marte, los marcianos. Este planeta contaba con todo lo necesario para albergar la vida, como bosques, mares, tierra, minerales, vida animal (tanto en el agua como en la tierra), etc., y su creador o dios era conocido como Archernar. En el planeta Faetón, los atlantes. Este planeta se ubicaba en el quinto lugar de nuestro sistema solar en la Vía Láctea, partiendo del sol, nuestra estrella, y estaba formado en su mayoría de grandes mares, lagos, ríos y lagunas de los que dependían principalmente los atlantes, y su dios o creador de vida era conocido como Vexxo. Por último, en el planeta Júpiter, los jovianos. Este planeta estaba formado con aspectos muy parecidos a los de Marte pero con unas dimensiones mucho más grandes, y su dios o creador de vida fue conocido como Majoris. Cabe señalar que este era el más viejo y poderoso del universo.

Estos tres poderosos dioses se llamaban hermanos, pero solo por el gran respeto que se tenían, pues en realidad no existía ningún lazo sanguíneo entre los mismos. Además, estos planetas fueron muy parecidos a lo que ahora es el planeta Tierra, pero sus habitantes se encontraban muy avanzados en tecnología, pues al ser razas de millones de años de antigüedad fueron adquiriendo sabiduría y poder a través de los mismos. La vida fue posible en estos planetas ya que en ese entonces nuestra estrella era mucho más grande de lo que es hoy, pero al hacerse más pequeña, las tres razas tuvieron que adaptarse a sobrevivir en su entorno, de esta manera no tenían que salir a buscar dónde vivir, manteniendo la armonía del universo, perdurando en ella paz eterna, pensaban ellos.

Luego de que el sol se fue haciendo más pequeño, el dios Majoris notó que, al enfriarse el tercer planeta, el que hoy es nuestro hogar (la Tierra), contaba con los recursos naturales para sustentar la vida. De esta forma, al dios Majoris de Júpiter se le ocurrió hacer experimentos en ella. Al principio, hace millones de años, empezó creando pequeños animales, que al evolucionar, se fueron convirtiendo en enormes criaturas, que hoy, gracias a descubrimientos e investigaciones, sabemos y conocemos de su existencia por sus fósiles encontrados, conocidos como «dinosaurios». A la larga, experimentó por millones de años, lo que para él en la línea de tiempo era un parpadeo de ojos.

Pasado el tiempo, a Majoris se le vino a la mente lo que consideró que sería su obra maestra y decidió mandar seres parecidos a su raza, pero con la diferencia de que ellos mismos se reproducirían y tan solo vivirían por algún tiempo, para que al morir se acabara el ciclo en este planeta y probablemente continuaran junto a él, regresando a sus raíces. También les concedería el don del libre albedrío, siendo los primeros seres en la galaxia que tendrían la facultad de decidir lo que mejor les pareciera (fuera bueno o malo), además de que poblaría un planeta virgen; y para ello decidió que esos seres vivos fuesen conocidos en la galaxia como humanos.

Así, el dios Majoris escogió de su pueblo mujeres y hombres para que procrearan niños y niñas, quienes serían elegidos para ser enviados al planeta Tierra (es por eso que ahora se dice que estamos hechos a la imagen de Dios). Del resultado de esta procreación, Majoris observaría cómo se adaptaban y vería si sobrevivían en un ambiente nuevo, primitivo, hostil... pero con todos los recursos como tierra, agua, animales de caza y trabajo, etc. De esta manera podrían salir adelante y poblar poco a poco el planeta.

No obstante, los primeros niños que viajaron a la Tierra (ahora conocidos como humanos), no se quedarían completamente solos en ella, ya que un guía joviano se quedaría el tiempo necesario para enseñarles a cazar para poder comer y vestir, pero con la indicación de parte de Majoris de no revelarles su procedencia, empezando una nueva raza, sin ningún conocimiento de tecnología y sin el conocimiento de la existencia del creador de vida. De igual modo, los seres humanos fueron dejados en el planeta Tierra con el guía, a los primeros pobladores les enseñó las cosas básicas para la sobrevivencia en un mundo virgen, les enseñó sobre la empatía entre todos los seres vivos, sobre la reproducción, el respeto y amor que debía existir entre los seres humanos. Lo demás, como la procreación y el ir enseñando a las siguientes generaciones lo que el guía les enseñó, se fue dando con el mismo instinto de vida y amor por el ser nacido.

Por miles de años, hasta que un día, en el quinto planeta, Faetón, empezaron a tener problemas, puesto a que los atlantes sobreexplotaron su entorno y terminaron de inmediato los recursos naturales con los que el planeta contaba, o quizá solo fue por envidia, ambición o por pura maldad, y aun con el tratado de paz que existía entre los tres creadores de vida en la galaxia, el cual especificaba el compromiso de todos con el respeto, la armonía, la paz, la amistad y sociedad.

Al dios Vexxo se le ocurrió adueñarse del planeta Tierra y atacar a los humanos para esclavizarlos, obligándolos a construir sus ciudades, esculturas y fortalezas, así como ocuparlos para su servidumbre. Ordenó que prepararan naves exploradoras para que fueran al planeta Tierra y verificaran las condiciones de este, quedando al mando de la investigación el capitán Traxioc, quien junto a otras tres naves de ataque tripuladas por atlantes, se dirigieron hacia el planeta Tierra para cumplir con lo ordenado por Vexxo.

Llegaron al tercer planeta, del que tomaron fotografías (de los humanos, animales, y de los mares llenos de vida que en este había). Cuando las naves volvieron a Faetón, estas regresaron con excelentes noticias para Vexxo, pues le llevaron las pruebas de su investigación; mismas que arrojaron el resultado esperado, pues al ser la Tierra un planeta casi virgen, contaba con muchísimos recursos naturales, pero lo que más le interesó fue ver los grandes mares, ríos, lagos y lagunas llenos de vida que había en él, ya que de dichos recursos dependían principalmente los atlantes. A pesar de que Vexxo sabía que si osaba invadir la Tierra, provocaría el enojo de Majoris, ordenó a su hijo, el príncipe Polux, tomar naves de guerra y dirigirse de prisa a la Tierra para conquistarla, a ella y a la humanidad entera.

Estando en la Tierra, Polux y sus comandantes fueron recibidos cortésmente por los humanos, que hasta ese momento no sabían de la existencia de otros seres, como tampoco sabían de lo basto del universo y que ellos tan solo eran una pequeñísima pieza dentro de una galaxia ubicada en él. Poco tiempo después, los atlantes no tardaron en cerciorarse que la humanidad se encontraba sola, sin la protección de Majoris, por lo que, al verificarlo, comenzaron con las operaciones hostiles en la Tierra. Cumpliendo con lo ordenado por su padre, Polux no tardó en enviar noticias de la conquista:

—El planeta Tierra y los humanos están bajo nuestro poder y ya los tenemos trabajando arduo en la construcción de nuestras ciudades, como también en la de tu palacio para cuando decidas venir a tu nueva cede.

Vexxo, muy complacido, le regresó una respuesta.

—Excelentes noticias, hijo mío. Sabía que cumplirías con todas mis expectativas, pero por el momento debo permanecer aquí en Faetón y esperar la reacción de Majoris cuando se entere. Pero no hay de qué preocuparse, pues llegado el momento, convenceré al hermano menor Archernar (dios de Marte), para unirnos y entre ambos atacar con toda nuestra fuerza y sin piedad a Majoris. Y aunque sé del gran poder que este posee no me atemoriza, pues estoy seguro de que acabaremos con él y con todo rastro de su raza y civilización en Júpiter, para así adueñarnos también de ese Planeta y extender nuestros territorios y nuestras razas en la galaxia.

Comenzaron los atropellos y vejaciones contra la humanidad, mismos que continuaron por muchísimos años con el nacimiento y muerte de hombres y mujeres, quienes conocían el trabajo brutal y despiadado del que eran objeto por generaciones. Pero un día, uno de los comandantes de los pilotos atlantes, de nombre Rastackio, que estaba en la Tierra como comisionado, encargado de los escuadrones aéreos atlantes que se encontraban en esta, motivo del trato y acercamiento que tenía con los humanos (hombres y mujeres) que ocupaban para ayudarles con el mantenimiento de las naves, como con la limpieza, (con el acercamiento que se daba en estas áreas), comenzó a tener encuentros sexuales con una mujer humana de la que posteriormente se enamoró, pues con las pláticas que tenían pudo conocer más de la forma de pensar y ver de la humanidad, de sus sueños e ilusiones para su futuro.

Esto llevó al capitán a sentir una gran empatía y piedad por todos los seres humanos, y entendió, sin que ningún humano se lo dijera ya que estos tampoco lo sabían, porque el dios Majoris los había dejado en la Tierra (aparentemente a su suerte), que todo en el universo tiene un propósito. Comenzó una gran amistad con varios de los humanos encargados del mantenimiento de las naves.

El capitán Rastackio también comenzó a abogar por los humanos en pláticas que mantenía con sus compañeros haciéndoles saber lo que pensaba y creía, como el hecho de que ya estaba cansado de tanto abuso hacia una raza que para ellos era joven en el universo, pero esas ideas no eran exclusivas de él, pues varios de sus camaradas compartieron su punto de vista, y en conjunto decidieron mostrar a los humanos la forma de utilizar los ordenadores y controles de las naves atlantes, así como también les hablaron sobre su creación y de la existencia de los dioses o creadores de vida, haciendo especial énfasis en Majoris, ya que él fue el creador de los humanos y de los animales que habitaban la Tierra. También les mostraron la ubicación de Júpiter, la forma de localizarlo en los ordenadores de las naves y cómo evadir los radares atlantes, para cuando llegara el momento pudieran pasar por Faetón sin ser detectados.

Los pilotos decidieron enseñarles todo esto porque sabían que tanto Vexoo como su hijo, el príncipe Polux, jamás aceptarían dar marcha atrás con la conquista de la humanidad, pero todo esto no pasó inadvertido para los atlantes fieles al régimen de Polux, y uno de ellos, que se enteró del pensar y proceder de esos pilotos, que ayudaban e incitaban a los humanos para que se revelaran en contra de sus captores, corrió de inmediato a entrevistarse con Polux y contarle lo que pasaba con el capitán Rastackio y con sus oficiales; así que con velocidad, Polux ordenó que aprehendieran a los que ahora ya consideraba como traidores de su raza y los llevaran en su presencia. Una vez capturados, fueron conducidos ante Polux, y cuando este se encontró frente a ellos, les cuestionó su proceder. El capitán Rastackio le contestó:

—Desde que llegué aquí he visto la forma cruel y despiadada de cómo tratamos a la humanidad; y mis compañeros aquí presentes y yo estamos cansados de esa injusticia, pues los humanos son una raza joven en el universo y creemos que debemos dejarlos en paz, y en lugar de esclavizarlos, ayudarlos a salir adelante y quizás compartir este hermoso planeta, aprendiendo a sobrellevarnos y vernos como iguales (atlantes y humanos).

Eso a Polux obviamente no le agradó en lo absoluto, y de inmediato ordenó que los pilotos atlantes fueran decapitados por alta traición.

Al mismo tiempo, los humanos que se dieron cuenta del arresto de los pilotos supieron que había llegado el momento de organizar la rebelión; y aunque tenían conocimiento de que jamás lograrían derrotar a los atlantes, pues la mayoría de los humanos no sabía pelear y temía por sus vidas, pensaron que en medio de la confusión que se desataría, por lo menos uno de ellos lograría escapar a bordo de una nave para dirigirse a Júpiter y comunicar todo al dios Majoris, del cual sabían gracias a los pilotos atlantes. Si bien en un tiempo sintieron coraje contra este al creer que los había abandonado a su suerte bajo el yugo atlante, el capitán Rastackio se encargó de disipar todas sus dudas e inconformidades y trató de explicar por qué Majoris los dejó allí, aparentemente sin su apoyo, pero con un gran propósito e infinito amor.

Mientras los pilotos eran conducidos a su muerte, los humanos iniciaron la rebelión, y mientras la armada atlante trataba de contener la rebelión iniciada en los hangares de aviación en contra de todas las probabilidades, un humano pudo escapar a bordo de una nave atlante trazando su ruta rumbo a Júpiter, (tal como los pilotos le habían enseñado), para poder esquivar también los radares, satélites y naves que se encontraban alrededor de Faetón, y poder llegar con el creador Majoris para enterarlo de lo que pasaba en la Tierra, que ahora los humanos sabían que él desconocía.

Desafortunadamente, al pasar cerca de Faetón, un radar lo detectó, y de inmediato fue abordado por naves de guerra atlantes, ya que no contestó la comunicación por la radio de la nave en la que viajaba cuando le preguntaron por sus órdenes y hacia dónde se dirigía. En la base de Faetón detectaron que esta nave se trataba de una de las que estaban comisionadas en la Tierra bajo las órdenes del príncipe Polux.

Cuando las naves atlantes pidieron órdenes en la base de Faetón de cómo proceder con esa nave, la orden directa fue fuego a discreción, pues se trataba de un humano rebelde que se dirigía a Júpiter y no debía pasar de espacio de Faetón. Los pilotos atlantes empezaron el ataque, a lo que el humano respondió igual, gracias a las enseñanzas de su amigo, el capitán Rastackio, ya que la nave en la que viajaba era una de las naves mejor hechas y preparadas de los atlantes (pues estas las habían construido para invadir otros planetas). Así pudo derribar a una de las dos naves que lo atacaban, pero la nave en la que viajaba ya estaba muy dañada y vio en sus radares que se aproximaban más naves atlantes y pensó que llegaría su fin sin poder llegar con Majoris.

Gracias a que ya se aproximaban a Júpiter, la fuerza aérea joviana pudo captar la conversación entre los pilotos atlantes con su base en Faetón y decidieron ayudar al humano, repeliendo a los atacantes, pues les advirtieron que ya se encontraban en espacio joviano y que ellos se encargarían de la situación. Aun así los pilotos atlantes trataron de explicar que se trataba de un desertor atlante y que no era de su incumbencia, que lo único que querían era capturarlo, o en su defecto, derribarlo. A lo que los pilotos jovianos les respondieron que entendían su proceder, pero que les advertían nuevamente que se encontraban en espacio joviano y que si la situación era tal cual ellos la reportaban, sin problema lo entregarían para que lo juzguen como ellos lo decidieran, pero por el momento ellos se harían cargo de la situación.

En medio de su coraje e impotencia, los pilotos atlantes tuvieron que tragarse su orgullo y regresaron a su base para dar el informe de lo acontecido. De esta manera los pilotos jovianos escoltaron la nave atlante con el piloto a bordo (hasta el momento desconocido por ellos). Una vez que tocaron tierra y descendió el humano de la nave atlante, se percataron que en efecto se trataba de un individuo de raza humana, lo que los impactó, pues no entendían como era posible que un humano, por lo que tenían entendido, no contaba con tecnología ni conocimientos para operar ningún tipo de maquinaria, y mucho menos volar desde la Tierra hasta Júpiter, como a bordo de una nave atlante, la cual estaba siendo atacada con fuerza por la misma aviación atlante. Tenían muchas cosas conjeturas que ellos mismos se hacían: «¿Cómo humanos y atlantes juntos? ¿Cómo el humano sabía la forma de pilotear y utilizar el sistema de navegación, así como los controles bélicos y de orientación de una nave tan compleja como esta?», etc.

Como el humano ya venía desfalleciendo, no se le pudo formular pregunta alguna en el momento, y fue atendido rápidamente por el servicio médico joviano y trasladado a un hospital. Una vez repuesto, fue conducido en presencia de Majoris, y frente a este cayó de rodillas sollozando y dijo:

—«Señor, he venido hasta aquí para pedirte ayuda, pues seres que llegaron de los cielos a bordo de naves, como en la que he llegado, nos tienen esclavizados en la Tierra, nos asesinan solo por diversión y nos obligan a construir ciudades, esculturas y muchas cosas más».

Majoris tuvo una larga plática con el humano, y supo que desde el nacimiento de este, solo había conocido el trabajo brutal y despiadado que era obligado a realizar por los atlantes, y que eso ya pasaba desde muchas generaciones antes, así como que gracias a unos cuantos pilotos atlantes que creían en la igualdad de las razas, fue que él junto con algunos de sus compañeros, quienes aprendieron a utilizar las naves, saber de su existencia, y la manera de cómo localizarlas. Majoris de prisa ordenó que una nave de reconocimiento se dirigiera al planeta Tierra para verificar lo que en él acontecía y saber cómo estaba la humanidad, pues escuchar al humano que decía todo lo que pasaba en la Tierra y saber que eran los atlantes quienes se habían atrevido a atentar contra su creación (los humanos), se decepcionó y molestó demasiado, se puso muy triste, pues Majoris sentía un gran amor por los humanos ya que los consideraba su creación más compleja y perfecta.

La nave de reconocimiento joviana partió rumbo a la Tierra, pero antes de pasar por el siguiente planeta (Faetón), perdió toda la señal. Entonces Majoris ordenó que se preparara la flota imperial, pues él personalmente le haría una visita a Vexoo, pero su hijo, el príncipe Kentaur, solicitó a Majoris que fuese él quien realizara dicha visita a Vexxo. Majoris meditó la propuesta y al fin tomó la decisión de aceptar que fuese él quien se entrevistara con Vexoo, ya que esto le serviría como preparación para cuando gobernara a su propio pueblo y le ayudaría para empezar con las relaciones sociales, pues pensó que Vexxo sería confiable y no habría peligro alguno.

—Hijo mío, ve y habla con el hermano Vexxo. Estoy seguro de que todo es un malentendido y podremos llegar a un buen arreglo pacífico. Cuando te entrevistes con él dile que, si necesita un lugar donde seguir viviendo, puede ir a la Tierra y compartirla con los humanos, ya que como él sabe yo lo único que deseo es que todos los seres de la galaxia vivamos en paz y armonía, respetándonos unos a otros hasta la eternidad.

La nave partió con el príncipe Kentaur a bordo, así como con el mensaje que Majoris envió para Vexxo. Al aproximarse a Faetón, de inmediato fueron interceptados por naves de guerra atlantes, dándoles órdenes de cómo debían continuar su trayectoria hasta tocar tierra en el planeta, y así fueron escoltados (fuertemente vigilados). Una vez en esta, los soldados atlantes los obligaron a descender de la nave y los trataron como a los peores delincuentes del universo. Cuando los conducían hacia el palacio de Vexxo fueron separados, y mientras que a Kentaur lo condujeron en presencia de Vexxo acompañado por la guardia imperial, fue conducido directo a su ejecución.

Una vez que el príncipe Kentaur estuvo frente a Vexxo, le cuestionó:

—Tío, ¿qué significa esto? He venido a darte un mensaje de mi padre y tus soldados me tratan peor que a un enemigo.

Vexxo le contestó tajantemente:

—¡Callad! Que desde hoy eso es lo que eres para mí y para mi pueblo, un enemigo. También has de saber antes de morir, que tu padre, junto con toda tu raza, pagarán con la vida su intromisión.

Kentaur le respondió:

—Vexxo, has olvidado los tratados de paz que firmaron tú, Archernar y mi padre.

Por último, Vexxo sentenció:

—Ya no importan tus argumentos, pues ya he tomado mi decisión.

Y una vez lo dicho, Vexxo ordenó a sus soldados que ejecutaran a Kentaur y regresaran el cuerpo a Júpiter con un mensaje para Majoris. Cuando la nave llegó a Júpiter la guardia imperial llevó el cuerpo del príncipe Kentaur en presencia de Majoris con el mensaje que Vexoo le envió:

—Como te darás cuenta, te he mandado el cuerpo decapitado de tu único hijo (directo). Así también te podrás imaginar que los acuerdos que teníamos ya no son más prioridad de nuestros pueblos, y que nunca más llegaremos a ningún arreglo. La Tierra, junto con los humanos, se quedan como están, pues ahora ya son de mi propiedad. Y por tu propio bien, y el de tu pueblo, resígnate a esto y a la pérdida de tu hijo. Sálvate a ti y a tu raza, dejando las cosas como están.

Con esa cobarde acción, Vexxo solo desató la furia de Majoris. A pesar de todo, y aún con el dolor que este sentía por el cobarde asesinato de su único hijo (en lo que hasta ahora eran tiempos de paz), Majoris mandó un mensaje para Vexxo:

—Aun cuando has cometido la peor de las ofensas en mi contra, al haberte atrevido a asesinar a mi hijo, y aunque tengo el corazón hecho pedazos, perdonaré esta gran falta, por la paz y para evitar más sufrimientos para nuestros pueblos. Pero, solo perdonaré tu falta con la condición de que ordenes a tu hijo Polux la salida de la Tierra junto con toda tu raza, para eso tienes un lapso no mayor a una semana terrestre. O de verdad te digo que conocerás mi furia, la furia de un padre con su hijo asesinado, asesinado brutal y cobardemente por un maldito loco y ambicioso que no respetó los acuerdos de paz universal. Así también te he de recordar lo que sabes bien, esto es mi repudio a la guerra y al sufrimiento de los seres vivos en todos los pueblos del universo.

»Entonces te digo de nuevo que estoy dispuesto a perdonar la infamia que habéis cometido en mi contra. Pero recuerda que para esto solo cuentas con una semana, terrícola, para ordenar la salida de tu hijo y tu raza del planeta tierra y dejen en paz también a la humanidad, resignándose a lo que la suerte les depare, aprendiendo a no abusar de Faetón que desde hace millones de años los acogió. Solo una semana, terrícola, o de verdad te digo que conocerán mi furia de no acatar mi orden y resolución.

Vexxo ya tenía un plan de ataque en contra de Majoris y su pueblo. De inmediato, ordenó que se preparara todo su poder de guerra, como una de las naves imperiales con escoltas, ya que le haría una visita a Archernar (dios de Marte), pues este sabía que si hablaba con él podría convencerlo para unírsele. Una vez que llegó a Marte, la nave imperial atlante aterrizó en una gran fortaleza de aproximadamente tres por cuatro kilómetros de diámetro con una forma que vista desde las alturas asemejaba un rostro (palacio principal de Archernar), construido por los antiguos habitantes de Marte en conjunto con jovianos y atlantes, en honor de la paz y hermandad que por millones de años juraron respetar.

Una vez que Vexxo llegó con Archernar, le dijo:

—Hermano, has de preparar a tus ejércitos, pues en poco tiempo entraremos en guerra contra Júpiter y sin piedad acabaremos con Majoris y su raza, para así adueñarnos también del planeta y extender nuestro territorio y nuestras razas.

Archernar se quedó pensando en la propuesta de Vexoo por largo tiempo, a lo que este le insistió diciendo:

—¡Vamos, Achernar! No es hora de dudar, pues el tiempo de nuestros pueblos ha llegado y ambos sabemos que la Tierra nos pertenecía por estar más cerca de ella.

Al poco tiempo Archernar se convenció de eso, ya que Vexxo prometió que se repartirían tanto la Tierra como Júpiter, y así decidió apoyar la invasión. Así pasó el tiempo en que Majoris fijó para que Vexxo ordenara a Polux la salida junto con sus tropas de la Tierra, además de que salieran de Júpiter naves exploradoras hacia ella y verificaran la situación de la misma, pero estas ni siquiera pasaron de Faetón, cuando fueron atacadas y derribadas por la armada atlante.

Majoris comprendió que Vexxo seguiría en su postura de invasión y dominio en la Tierra, por lo que ordenó que la mayor parte de sus naves de ataque con que contaba salieran de inmediato con dirección de «espacio» de Faetón, en donde ya lo esperaban flotillas de ataque atlante, así como naves de guerra marcianas. Al darse cuenta de que Archernar apoyaba a Vexxo, le sorprendió y decepcionó de sobremanera, ya que solo unos días antes se había entrevistado con él en Marte, donde este le aseguraba que no participaría en ese conflicto, porque, según él, entendía que Vexxo se comportaba de forma errónea y fuera de lugar.

El creador Majoris, quien viajaba en una de las naves nodrizas de Júpiter, lanzó una advertencia a Archernar:

—Decidiste apoyar a Vexxo aun cuando prometiste no intervenir. Debes de entender que está enfermo de poder y ambición, y lo único que conseguirás, si decides continuar con esto, será el sufrimiento de tu gente. Te pido atentamente que recapacites, te retires a tiempo y así protejas a tu pueblo.

Archernar le contestó:

—Yo te digo que esta guerra no tendrá ninguna consecuencia desastrosa, para mí o para mi pueblo. Por el contrario, cuando Vexxo y yo ganemos la guerra, tú y tu raza desaparecerán de la galaxia y así tendremos más tierras, también en Júpiter, para extender nuestro poder. Pues, les he dado la oportunidad de elegir y así evitar más daños y sufrimientos para nuestras razas, pero os digo a ambos, que si tengo que hacerlo y con eso proteger a mi gente en Júpiter así como a mis humanos en la Tierra, los atacaré con todo mi poder. Piensen bien, tienen este ultimátum. Solo les daré dos horas y será suficiente para que la tomen. Espero su rendición y abandono de la Tierra, así como la retirada por parte de sus ejércitos de esta parte de la galaxia.

Como respuesta empezó el ataque, tanto de atlantes como de marcianos, contra las naves jovianas. Mientras esto se desarrollaba en el espacio, en Júpiter había ataques simultáneos de parte del ejército marciano en contra de la población civil, pues al no esperar la traición de parte de Archernar, Majoris solo dejó instrucciones de protegerse de naves atlantes. Así, relativamente fácil, las naves de guerra marcianas (disfrazadas de naves visitantes) pudieron llegar hasta la población civil, gracias a la rápida movilización por parte del ejército de guardia joviano la agresión pudo ser repelida con éxito. Aunque desafortunadamente gran parte de la ciudad principal fue atacada con fuerza por las tropas aéreas marcianas.

Cuando la armada de guardia joviana se repuso un poco, mandó informes de lo acontecido a Majoris:

—Mi señor, hemos sufrido un fuerte ataque por parte de naves marcianas, y a pesar de que fuimos tomados por sorpresa, hemos logrado repeler a los traidores atacantes, pero con gran pesar he de comunicarle que gran parte de nuestra ciudad de comercio principal fue arrasada, y mucha de la gente que en esta se encontraba, fue asesinada cobardemente, con alevosía y ventaja por parte de los marcianos, que entraron a Júpiter disfrazados, pues al no esperar un ataque de su parte, pudieron hacerlo sin piedad.

Cuando Majoris tomó conocimiento del ataque realizado por el ejército marciano en contra de la población civil, con el fin de intentar desestabilizar la organización joviana, aceptó que ya era suficiente piedad para con sus ahora enemigos. Aún con el gran dolor que le causaba (ya que Majoris sentía una gran piedad y amor por todos los seres vivos del universo), tuvo la valentía de poner fin a esa locura y envió un último mensaje para ambos dioses atacantes:

—Con gran pesar he decidido atacarlos con todo mi poder, así que les digo que desde ahora y hasta dentro de tres horas, tienen la oportunidad de sacar a su población civil de sus planetas y ser conducidos por parte de naves de guerra de mi flota, que les servirán de escolta y protección para que lleguen con bien a otro sistema solar dentro de esta galaxia, donde tengan la oportunidad de rehacer sus vidas y formarse nuevos caminos. Esto respecto a la población civil y respecto a sus generales militares, tendrán un juicio sin prejuicios. Por último ustedes, como dioses y creadores de vida, serán juzgados por alta traición, genocidio y lo que resulte en su contra.

Los atlantes y marcianos se negaron a tomar la oportunidad de salvar a su raza ya que esos eran demasiado testarudos, y el ultimátum de Majoris lo tomaron como debilidad por parte de este, sin saber que en realidad lo que Majoris deseaba era que reflexionaran y se retiraran, para que pudieran salvar a sus pueblos y sus razas. Desafortunadamente, también las poblaciones civiles de Marte y Faetón se negaron a abandonar sus respectivos planetas, ya que confiaban ciegamente en sus creadores.

Majoris meditó la situación, y llegó a la conclusión de que estas razas siempre estarían en desacuerdo con la paz, y a su vez esta guerra podría prolongarse hasta por mil años, lo que solo traería muerte y destrucción a sus pueblos y su gente, tanto en Júpiter como en la Tierra (a sus humanos). y estos últimos seguirían sufriendo y nacerían y morirían siendo esclavizados por los atlantes y ahora, también por los marcianos. Pensó que podría llevar a la extinción a la humanidad, así que si nunca habría paz, decidió con gran pesar dentro de su corazón, que había llegado el momento de darle uso a una gran y poderosa arma con la que contaba, misma que solo habían utilizado en ensayos bélicos hechos por computadora (pero nunca en práctica).

Una vez que tomó la determinación de usar la poderosa arma, que mucha de su gente ni siquiera sabía de su existencia, empezó a analizar estratégicamente la astrología en el universo y así se dio cuenta que en las próximas horas pasaría Marte junto a Faetón por el movimiento de traslación (que realizan con naturalidad todos los planetas del universo en todas las galaxias).

Con gran estrategia dirigió todo el poder del arma mencionada contra Faetón en forma de un gran y poderoso rayo, que penetró y atravesó el planeta, destruyendo su núcleo, provocando la explosión del mismo, al ocurrir, se produjo una gran onda expansiva (tipo hipernova) que se proyectó hacia Marte, con tan inmenso poder, que al pasar por él, lo quemó hasta los cimientos, dejando una gran devastación, quedando rojo y sin rastro de civilización, más que la gran construcción de los antepasados de las tres grandes razas de la galaxia (ahora conocida como la cara de Marte), que fue lo único que soportó el cataclismo, quedando casi intacta.

Los soldados jovianos al consultar a Majoris sobre el destino de la misma, hicieron que ordenara a que fuese dejada tal cual había quedado, como prueba de la gran civilización marciana que un día existió. Mientras que el extinto planeta Faetón, al estallar, muchos de los pedazos fueron atraídos por el efecto de gravedad que provocaba, formando un cinturón de asteroides (lo que ahora se encuentra entre los planetas Marte y planeta Júpiter). Para terminar con la amenaza en la Tierra, Majoris despachó naves de ataque jovianas para acabar por completo con la esclavitud que atlantes y marcianos habían emprendido en contra de los humanos. Cuando las naves jovianas se acercaban a la Tierra, las naves de ataque marcianas y atlantes que estaban comisionadas en la misma atacaron con furia, pero poco pudieron hacer ante el poder bélico de los guerreros y fueron rápidamente pacificados, pues los jovianos también contaron con la ayuda de los terrícolas, que cansados de tantos atropellos, se unieron al apoyo joviano.

Una vez que tuvieron el control, los jovianos capturaron lo que quedaba de las razas (marcianas y atlantes). Entre estas se encontraba el príncipe Polux, así como un general de alto rango de Marte, el cual quedaría como representante del planeta. Fueron conducidos hacia un campo de concentración hasta esperar órdenes de parte de Majoris sobre lo que decidiera hacer con los prisioneros. Al poco tiempo, Majoris tomó el valor de perdonarlos y enviarlos a otro planeta (en otro sistema solar), como lo había prometido. Esto no sin antes ordenar que el príncipe Polux, como representante del pueblo de Faetón, así como el general marciano, representante de lo que quedaba del pueblo marciano, a que firmaran un documento, en el cual se especificaban los detalles de la rendición, así como el compromiso de las razas, con el respeto y la paz universal.

Esos documentos, junto con otros, que hablaban sobre la decisión de la creación del ser humano, así como de la guerra universal y la vida en el universo, fueron guardados dentro de una gran urna, creada con distintos tipos de metales, mismos que fueron recolectados de Júpiter, Faetón, Marte y la Tierra. Lo hicieron en honor a los planetas que un día fueron habitados por grandes civilizaciones amigas. Esta urna sagrada fue encomendada para ser escondida en algún lugar secreto del planeta Tierra, hecho por representantes humanos que Majoris seleccionó.

Majoris decidió que esta urna, (ahora conocida como el arca de la alianza), se quedara en la Tierra, pues pensó que si regresaba algún día, alguna amenaza del espacio sería abierta para que supiéramos de la vida más allá de nuestro planeta y que no éramos los únicos seres inteligentes dentro del mismo, así como el verdadero lugar de nuestra concepción (la concepción humana). Posteriormente, Majoris tomó conocimiento de que ciertos atlantes y marcianos se ocultaron en profundas cuevas de la tierra y otros en los mares de la misma. Majoris tomó la decisión de perdonarlos. Solo esperaba que se comportaran y aprendieran a vivir, respetando a la humanidad, pero los humanos ya sabían lo que significaba odiar a los atlantes, así que cuando algunos humanos se encontraban con uno de estos, lo cazaban como a un animal salvaje hasta darle muerte.

Así, los atlantes que se escondieron en los mares terrícolas se adaptaron a vivir casi por completo bajo estos para intentar escapar del odio humano. A la fecha, aún se cree que algunos humanos han tenido avistamientos o encuentros con algunos de ellos (atlantes) en el mar, (o mejor dicho de sus híbridos), los cuales sufrieron cambios en su estructura física, pues ahora son mitad atlante y mitad peces (conocidos en la actualidad como sirenas).

Por último, nuestro creador ordenó que las ciudades en que el humano fue obligado a construir por los atlantes, fueran destruidas y así borradas de los recuerdos. Estratégicamente, fueron hundidas en el fondo del mar, para que la humanidad tuviera un nuevo inicio, sin recuerdos desagradables. De esta manera, las nuevas generaciones solo conocerían cuentos o leyendas sobre los atlantes, los dioses y los viajeros de los cielos que llegaban a la Tierra a bordo de naves voladoras.

También, Majoris ordenó que algunos jovianos se quedaran por algún tiempo, para enseñar y/o en su caso ayudar a la humanidad a construir grandes edificaciones (que hoy conocemos como pirámides), hechas con el fin de que el humano no olvidara a sus creadores y libertadores. Además, les servirían como referencia para sus posteriores visitas a la Tierra. Por órdenes de Majoris los jovianos que se quedaron, se mezclaron con los humanos para perfeccionar a la raza.

Aprendimos de ellos a construir armamento, con el fin de defendernos por si regresaba o venía algún tipo de amenaza de otra parte del universo, y ya que nuestro creador, Majoris, quedó muy triste y consternado por la devastación en Marte, así como por la destrucción de Faetón, y por consiguiente la casi extinción de estas razas en el universo (atlante y marciana), Majoris decidió no volver a intervenir en ningún conflicto bélico que tuviera lugar en el universo. Pero el amor que sentía por la raza humana era mucho más grande, así que para tratar de evitar verse obligado a intervenir, decidió que varios de sus enviados le enseñarían a la humanidad a pelear y construir equipamiento para su protección. Pensó que solo si fuera muy necesaria su intervención, ayudaría.

Decidió también que lo mejor para el humano sería no volver a tener mucho contacto directo con él, y esto con el fin de que la humanidad se tendría que enseñar a valer por sí misma, pues los jovianos que se quedaran solo iban a estar entre los humanos por algún tiempo. A pesar de ello, la humanidad seguiría recibiendo visitas por parte de los jovianos, para verificar el orden de las cosas en la Tierra, pero estas solo se les harían a pocos (es decir, que solo tendrían contacto con algunos), que Majoris iría eligiendo a través de los siglos...

Lecturas recomendadas

El anciano eterno (Luis Tello)

En un lugar del espacio (Carla Casari)

El hombre que no envejecía (Francisco J. Bonnemaison)